AF481328

QUELLE BEAUTÉ !

Fátima Guzmán

®2022 Editorial Bien-etre.

Tous les droits sont réservés. La reproduction partielle ou totale de ce matériel par quelque moyen ou méthode que ce soit sans l'autorisation écrite de l'auteur est interdite.

Edité par : Editorial Bien-etre.

Conception de la couverture : Mary Pérez

Conception éditoriale : Easwara Jiménez

Illustrateur : Heidy Quiñones Guzmán

Translated by : Karine Pharard

ISBN : 978-9945-636-05-5

Édition : Editorial Bien-etre

www.a9Od.com

Première édition 2022

Quelle Beauté !

Fátima
Guzmán

Quelle beauté est dédiée à tous les enfants qui
aiment rêver.

Il y a longtemps, dans une île des Caraïbes, est née une petite fille qui s'appelait Louise. Dès les premiers jours de grossesse, la mère de Louise se promena sur la plage et mouilla ses pieds dans l'eau de la mer. Elle ramassa de nombreux coquillages avec lesquels elle décorera le berceau de Louise.

Un jour, alors qu'elle marcha sur la plage, ses jambes s'emmêlèrent dans des algues marines qui la cha-touillaient, ce qui la fît rire. Or, chaque soir, la maman de Louise chantait en faisant des vagues une mélodie.

Louise était la plus jeune de sa famille. Sa mère raconta qu'au mo-ment où Louise est née, celle-ci n'a pas pleuré, mais elle s'est plutôt mise à chanter.

Louise avait les yeux verts comme l'océan et les lèvres rouges comme une étoile de mer. Chaque fois qu'elle voulait que sa mère la prenne dans ses bras, elle chantait une chanson si douce que tout le monde voulait l'écouter.

Ses voisins et voisines disaient que cette petite fille n'était pas comme les autres parce qu'elle regardait comme une ange et sa peau était si douce que se draine ??? depuis les bras comme un poison. Il fallait la prendre avec attention et s'assurer de ne pas la laisser tomber.

Pour qu'elle puisse dormir sa mère lui donnait de l'eau avec du sel. Louise grandissait et chaque jour, sa beauté était plus rare. Dans ses yeux se reflétait la mer et tous ses mystères. Ses chansons étaient dans une langue jamais connue par les humains.

Mais un jour, quand Louise commença à marcher, elle sortit toute seule sans que personne ne la voit et sans savoir comment, elle se retrouva sur la plage qui ne se trouvait pas très loin de chez elle.

Étant si petite, Louise se cachait derrière les arbres pour ne pas être découverte par ses voisins qui traversent la rue. Mais son instinct lui disait d'écouter le son de la mer et les voix des sirènes qui l'invitait à les rejoindre.

Sa mère partit vite à sa recherche et elle demanda à tous les membres de sa famille de l'aider à retrouver Louise. Tous acceptèrent et prirent des chemins différents afin de la retrouver.

Mais comme sa mère savait qu'elle ressemblait à une sirène, elle s'est rapidement dirigée vers la plage.

En arrivant, la première chose que sa mère vit, c'était les petits souliers de couleurs rosées de Louise et sa robe fleurie.

Sans savoir nager, elle rentra dans l'eau quand, tout à coup, elle entendit la voix de sa petite fille qui chantait depuis un rocher au milieu de la mer. Abasourdie par le changement de sa fille, la maman de Louise porta ses mains sur sa poitrine et essaya d'attraper le cœur qui semblait vouloir sortir de la petite Louise. Son mari arriva à temps, pour prendre sa fille dans ses bras et reste choqué sans pouvoir comprendre ce qui s'est passé et comment sa fille s'est convertie en sirène.

Louise chanta pour sa mère en lui disant de ne pas pleurer, car elle lui fit la promesse de venir la voir, chaque soir au couché du soleil.

Louise ne pourra jamais retourner chez elle parce que ses pieds se sont changés en queue de sirène, sa peau est devenue turquoise et toute elle s'est transformée en sirène.

De loin, sa famille peut voir comme elle est belle, ses cheveux ont vraiment poussé et ils ont changé de couleur.

Louise n'avait jamais été si joyeuse. Elle nage maintenant au rythme des vagues et la couleur turquoise de sa peau brille et change avec les rayons du soleil.

Un jour des sirènes sont venues rejoindre Louise pour lui montrer la vie dans la mer et avec joie, Louise est partie vivre sa nouvelle vie.

Sa mère, ses sœurs et ses frères sont tristes de la voir s'éloigner, mais ils ont compris qu'elle est différente et qu'elle sera plus heureuse dans la mer.

Quelqu'un raconta que chaque soir, sa famille va à la mer pour la rejoindre et voir comment elle aime sa nouvelle vie de sirène.

Ses parents n'ont jamais compris pourquoi ils ont donné naissance à une sirène, mais ce qui est le plus important c'est qu'ils l'aiment malgré leurs différences.

Les rumeurs disent que lorsqu'on s'approche de la mer, qu'on garde le silence et qu'on ferme les yeux, on peut entendre Louise et ses sœurs sirènes chanter au loin. Des exclamations de surprises se font alors attendre au loin et inévitablement, tous s'exclament alors : « Quelle beauté! ».

Finalement, Louise s'est transformée en une adorable sirène et avec sa belle voix, elle a conquis la mer qui borde l'île où elle est née. Elle était reconnue comme la sirène la plus belle au monde.

Jour après jour, sa beauté ne cessa d'attirer de nombreux touristes et personnes du village qui, comme sa mère, se rejoignirent au coucher du soleil pour admirer Louise et ses amies sirènes.

Chaque jour, cette île, qui auparavant était presque inconnue, gagnait en popularité et la nouvelle qu'une femme avait donné naissance à une fille sirène était motif de plusieurs légendes; quelques-unes belles et d'autres pleines de terreurs qui n'avaient rien à voir avec la réalité.

Louise avait une grandeur d'âme incroyable, elle était généreuse, gentille et elle adorait les enfants. Elle était l'amie de tous les enfants de l'île. Chaque soir, elle leur racontait des histoires et leur offrait des chants mélodieux qu'elle accompagnait de son instrument de musique favori. Il était fabriqué d'un escargot et d'une nageoire dorsale de requin magique.

Mais un jour , un pêcheur venu d'un autre pays, est allé vivre sur l'île enchantée de Louise. C'était un homme albinos avec des tâches noires sur les mains et qui avait un aspect écrasant. Ses yeux se perdaient dans ses cheveux blancs et sa barbe couvrait presque tout son visage. A son arrivée sur l'île, il a fait croire à tous qu'il voulait vivre de la vente des poissons, alors il a demandé aux autres pêcheurs quelles sortes des poissons se vendaient le mieux sur cette île? Il fait alors la promesse de partager ses finances avec ses collègues et il s'installe dans une cabane à côté de la plage.

Très peu de temps après son arrivée, les voisins ont commencé à trouver cet homme suspect et entre eux, il se sont mis à chuchoter qu'il était une menace pour Louise. Les villageois avaient raison, car cet homme cherchait des informations sur Louise et à savoir comment capturer une sirène. Il voulait l'attraper et vendre à un magasin très connu et qui avait un intérêt pour cette rare sirène.

Une soirée, quand la mère de Louise s'est dirigée vers la plage comme à son habitude, elle a écouté les voisins murmurer par rapport aux intentions de l'homme albinos. Elle courut alors vers sa maison, en laissant derrière elle des perles de couleurs qu'elle apportait pour sa fille. En arrivant, elle raconta à son mari en détails ce qu'elle venait d'entendre avec une oppression dans la poitrine. Elle sentait que sa fille était en danger et elle avait terriblement peur pour elle. Louise devait s'éloigner de la côte pour ne pas être prise comme un poisson dans un filet de pêcheur.

Le père de Louise partit immédiatement vers la plage et demanda d'une voix forte:

- Qui est le nouveau pêcheur ?

L'homme albinos sortit de sa cabane et se présenta comme un expert en pêche qui allait faire de cette île, un vrai petit paradis.

Le père de Louise garda le silence et tout de suite, il remarqua l'intérêt de cet homme pour sa fille, car elle était LA seule raison pour laquelle un étranger pouvait avoir autant de curiosité envers leur île.

Pendant ce temps et comme chaque soir, Louise naga pour venir rejoindre sa mère. Mais elle s'arrêta nette quand elle aperçut son père discuter avec l'homme albinos. Elle se cacha donc derrière une roche et regarda de loin son père qui parlait avec l'homme qui fait trembler ses escames Louise se mit alors à trembler et elle partit chercher l'aide de ses amies afin qu'elle l'aide à trouver une solution afin d'éloigner l'albinos de la plage.

De cette façon, Louise pourrait continuer de tenir la promesse qu'elle fit à sa mère, c'est-à-dire de venir la voir à chaque soirée. La mère de Louise était inquiète, donc elle fit une prière pour que sa fille soit hors de danger. Cette prière a traversé le ciel et a été écoutée par Dieu.

Le lendemain les vagues étaient plus hautes que jamais, la mer s'agitait à chaque fois un peu plus, ce qui empêchait les pêcheurs de lancer leurs filets. Pendant ce temps, Louise demanda à tous ses amis marines si elles seraient intéressées à former une organisation qui lutterait en faveur de la liberté de toutes les espèces marines.

A l'aube un groupe de sirènes mâles et femelles se sont dirigés vers la côte et ont agité les vagues de telle façon qu'ils ont fait un mur multicolore pour mettre de l'avant la beauté indescriptible de tous les habitants de la mer. Louise regardait sa mère et la nostalgie l'a fit pleure. Elle était tellement triste que ses larmes firent monter la marée jusqu'à ce que les pêcheurs se voient obligés d'abandonner leurs filets et leurs embarcations. Ils eurent leur leçon et promirent de ne jamais plus venir déranger la famille marine de Louise et de ne plus pêcher dans ce côté de l'île puisqu'elle appartient à Louise.

A partir de ce jour-là, Louise est devenue la première sirène révolutionnaire qui lutte pour la liberté de la vie dans la mer, pour la liberté de vivre sans la peur d'être capturé et d'être affiché comme un objet rare. Sa mère la regardait chaque soirée et écoutait les nouvelles chansons que Louise composait pour elle.

Les années passèrent et même si Louise avait une belle relation avec sa famille humaine, sa lutte pour garder la plage libre de tous étrangers qui visitent l'île par curiosité, s'est faite chaque fois plus difficile et dangereuse pour elle comme pour sa famille marine. Donc un jour, Louise prit un escargot blanc avec des algues de couleurs et commença à écrire une lettre pour dire adieu à sa mère.

Ma chère maman ! Je ne peux pas pleurer parce que mes larmes feraient monter les vagues et tu pourrais te noyer. Malheureusement, je ne peux pas rester ici plus longtemps parce que c'est beaucoup trop risqué pour toi. Je pense que le mieux à faire est de m'éloigner dans la mer. Bientôt, je fonderai ma propre famille et avec eux je serai remplie de joie et cela m'évitera de mourir de tristesse parce que je te verrai plus. Je parlerai de toi et de papa, de mes frères et de mes sœurs et de toutes les belles expériences que j'ai vécues ces dernières années.

Souviens-toi de moi dans l'arc en ciel que tu salueras pour moi, souviens-toi de moi quand les vagues mouilleront tes pieds, quand la lune illuminera la plage et quand tu verras de loin la roche où tu m'as aperçu pour la première fois. Ris quand les algues se mêlent dans tes pieds, pense que c'est une fleur que je t'envoie depuis mon nouveau foyer.

Maman tu seras toujours dans mes pensées et le jour où je me marierai, tu le sentiras parce que je t'enverrai des signes avec les poissons. A chaque coucher de soleil, envoie-moi ta bénédiction et alors, tu sauras que tu as fait le meilleur pour moi.

Pour toujours ta fille Louise.

La mère de Louise a reçu le message avec amour et pour honorer son existence et partager l'incroyable histoire de sa fille, elle a dédié sa vie à écrire des histoires pour les enfants du monde entier. Jamais elle n'a pleuré de nouveau, car elle se souvenait du conseil de sa fille de toujours se sentir proche, en sachant que les véritables liens sont ceux qui se construisent avec le cœur.

FIN

Peinture Luisa

Dessine ta famille

Dessinez-vous en train de faire
ce que vous aimez le plus

A PROPOS DE L'AUTEUR

Fátima María Guzmán Gómez, est née le 12 mai 1976 dans la ville de Moca, province d'Espaillat en République dominicaine. Elle est la fille de Silverio Guzmán et Eugenia Gómez. Et mère d'Adriana, Noel Adrián et Amalia.

Elle a émigré au Canada en 2009, l'endroit où a commencé sa jeune carrière d'écrivain.

Un monde meilleur fait partie de sa contribution à la société, c'était sa première œuvre, inspirée par son désir le plus profond; faire de la grande Métropole de Montréal, Québec, un endroit où les familles ont la possibilité de rêver grand au milieu de l'adversité.

www.ingramcontent.com/pod-product-compliance
Lightning Source LLC
Chambersburg PA
CBHW040905110726
48005CB00001B/201

9 789994 563605